Ferdinand

F. DES ROBERT

LARMES

et

SOURIRES

METZ

TYPOGRAPHIE ROUSSEAU-PALLEZ

Libraire de l'Académie impériale

RUE DES CLERCS, 44

1867

LARMES & SOURIRES

F. DES ROBERT

LARMES

ET

SOURIRES

METZ

TYPOGRAPHIE ROUSSEAU-PALLEZ

Libraire de l'Académie impériale

RUE DES CLERCS, 14

1867

Au Lecteur

SONNET

Lorsque l'arbre s'effeuille et que le fruit est mûr,
C'est le moment alors d'apporter les corbeilles,
C'est l'heure de cueillir, tant que le ciel est pur,
Les modestes rubis de nos vignes vermeilles.

Hâtons-nous, le froid vient dépouiller notre mur,
Et bientôt s'abattront les gourmandes abeilles.
Ne remettons jamais : agir c'est le plus sur,
Détachons les raisins qui pendent à nos treilles.

Le vendangeur, c'est moi ; je saisis mes ciseaux
Et recueille en mes mains les grappes égrainées
Que dora le soleil sous leurs feuilles fanées.

J'ai peur de l'avenir, et je crains les oiseaux,
Mes rimes avant peu paraîtraient surannées ;
Avec amour, lecteur, ma main les a glanées.

26 Novembre 1866.

Ma Sœur

Je ne puis le revoir cet ange de la terre
    Que j'appelais ma sœur;
Il me faudra chercher sa tombe solitaire
    Et pleurer mon malheur.

Maintenant, vers le soir, lorsque planent les ombres,
  Je vois son spectre blanc
Se pencher sur ma couche et des ténèbres sombres
  Faire un jour rayonnant.

Elle me dit alors : « Je t'ai servi de mère,
  » Guidé de ma raison ;
» Jeune, j'avais sondé cette vie éphémère,
  » Mûre avant la saison.

» Ensemble vers le ciel quand nous levions la tête,
  » Tous deux dans le saint lieu ;
» La prière commune était pour nous la fête
  » Que nous envoyait Dieu.

» De l'amour filial je te donnais l'exemple ;
  » Je vivais ici-bas,
» De même qu'une vierge au service du temple,
  » Et tu suivais mes pas.

» Je goûtais comme toi les charmes de l'étude,
  » Partageais tes travaux,
» J'épiais, te couvrant de ma sollicitude,
  » Tes plaisirs et tes maux.

» Chante, chante, mon frère, il est de vos cantiques,
  » Ainsi que de ces fleurs
» Qui croissent sur la tombe ; à leurs parfums mystiques
  » Nous trouvons des douceurs.

» Je suis l'étoile sainte où ton âme s'inspire,
  » Pour toi je brille aux cieux,
» Par amour pour ta sœur exprime ton délire
  » En vers harmonieux.

» Sans cesse au Tout-Puissant j'adresse ma prière,
  » Je l'implore pour toi,
» O mon frère ! à ton tour pendant ta vie entière
  » Pense toujours à moi. »

Pauvre sœur, ici-bas tu ne fis qu'apparaître
    Pour mourir. O douleur !
L'esprit et les vertus ont étouffé ton être,
    Trop pur était ton cœur.

Viens nous dire, ô ma sœur ! ce que font les archanges,
    Dis les cantiques saints
Que chantent les élus, les divines louanges
    Des célestes essaims.

Demande à Dieu pour moi la force dans la vie
    Et l'amour pur du bien ;
Écarte de mes pas et la haine et l'envie.
    Sois mon ange gardien.

Je répandrai des fleurs sur cette tombe avide
    Où repose ton corps,
Je dirai ma douleur et sur la terre humide
    Je prierai pour les morts.

                    1857.

L'Imagination

Sur un léger nuage éclairé par l'aurore,
Flotte, pour nous charmer, l'Imagination,
Déesse favorable et qui fait tout éclore,
Et sublime pensée et folle fiction.

2

Elle égale en pouvoir la féconde nature,
Des mondes tout entiers sont sortis de ses mains.
Touchant à toute chose en sa marche peu sûre,
Elle change en géants tout un peuple de nains.

Son royaume est un ciel où volent les idées
En essaim fantastique aux ailes couleur d'or,
Qui parcourent les airs par nul ordre guidées,
Éblouissant l'esprit de leur rapide essor.

Au pays d'Orient que le soleil embrase,
Berceau du genre humain, immense paradis,
La déesse triomphe et fait naître l'extase,
En tenant à ses pieds tout un peuple soumis.

Mère de l'idéal, cette puissante fée,
En trônant dans son char en impose aux mortels ;
Tenant la vérité sous ses pieds étouffée,
Elle accueille l'encens qui fume à ses autels.

A l'être inanimé sachant prêter la vie,
Et peuplant l'univers d'esprits et de lutins,
Elle sait de bonheur combler l'âme ravie,
Ou par de noirs tableaux engendrer nos chagrins.

Les faunes, les sylvains, ces monstres de la terre,
Sont ses nombreux enfants; changeante en son amour,
Elle engendra Vénus ainsi que la chimère;
Les grâces, les démons se coudoient à sa cour.

Dans sa coupe enchantée est versé ce breuvage
Qui trouble notre sang et fascine nos yeux;
Nectar empoisonné, c'est surtout au jeune âge
Qu'il prodigue sa force et ses sucs dangereux.

Moderne réalisme, ah! cède-lui ta place,
Et de ton froid contact ne glace plus nos cœurs;
Que les mille laideurs que ta plume nous trace,
De nos jours souriants ne fanent plus les fleurs.

Gaîte

13 FÉVRIER 1861

Soldats napolitains, pourquoi vous désoler ?
L'honneur est satisfait, dans vos yeux plus de larmes
Et voyez sans faiblir votre roi s'exiler,
Et céder à regret devant le sort des armes.

Les yeux portés sur lui l'Europe l'admira,
L'on plaignit ses malheurs et sa tendre jeunesse ;
Son courage fut grand, l'histoire le dira,
Et sa lutte héroïque égala sa détresse.

O traîtres ! rougissez, vous avez votre part,
Oui, la honte est pour vous, la gloire est à Gaëte ;
Gaëte de l'honneur l'invincible rempart
Qui ne fut renversé qu'aux chocs de la tempête.

Gloire à vous tous, soldats, beaux dans votre malheur !
A toi respect et gloire, ô reine infortunée !
Dont l'âme de héros nargua la destinée
Sur un rocher aride où brilla ta valeur ;

Guerrière que j'admire, intrépide amazone,
Du malheur sans trembler tu supportas l'affront,
Exposant jour et nuit ta royale personne,
De lauriers immortels tu couronnas ton front.

Au chevet des mourants, au sein de la mêlée,
On te vit accourir, ô sublime exilée !
Que le Piémont soit fier de son lâche courroux,
Aux yeux de l'univers pour vous seule est la gloire,
Mieux vaut votre défaite, ô courageux époux !
Que de vos ennemis la honteuse victoire.

A Lamartine

ODE

O sublime écrivain que le malheur outrage,
Ton luth s'est détendu, tu ne peux plus chanter,
Le monde t'abandonne, insulte à ton courage,
Aucun souffle d'en haut ne vient plus t'exalter.

Bélisaire nouveau, quelle est ton infortune?
N'avais-tu pas vidé la coupe du malheur,
Fallait-il que bientôt l'indigence importune
Fût venue à son tour augmenter ta douleur?

Console-toi, poëte, il existe des âmes
Qui du destin jaloux comprennent les rigueurs;
Le chantre heureux d'Elvire est le chantre des femmes:
La Muse reconnaît les Grâces pour ses sœurs.

Les enfants d'Apollon t'adoptent pour modèle,
Et sans cesse on relit tes vers harmonieux;
Aux charmes de ta lyre on est resté fidèle,
Et, plein de ton extase, on croit voler aux cieux.

Le soleil éclatant darde-t-il sa lumière,
Les nuages jaloux ombragent sa splendeur;
Mais le vent de Dieu souffle et s'envole éphémère
Le voile du soleil éclipsant la lueur.

Que t'importe après tout, tu conserves la gloire,
De zoïles nombreux n'écoute point les cris;
On a scellé ton nom au temple de Mémoire,
Tes vers en lettres d'or n'y sont-ils pas écrits?

De la religion tu gardas l'arche sainte,
Tu sauvas les Français par un sublime effort;
D'un peuple furieux en repoussant l'étreinte,
Du flot qui grossissait tu réprimas l'essor.

Quand je voudrais de fleurs pouvoir couvrir ta tête,
Qu'à tes pieds fatigués j'apporte mon encens,
Réponds, grand Lamartine! au timide poète
Daigne prêter l'oreille à ses faibles accents.

1859.

Le Monde

À M. DE M***

Vous courez par le monde et votre esprit s'irrite
A voir que plein d'erreurs constamment il gravite,
Votre âme s'en révolte et votre cœur s'aigrit.
Ami, je vous comprends, saisis votre pensée,

La foule, comme à vous, me paraît insensée.
Le préjugé domine et l'homme en est pétri;
Il en fait son bonheur, il en fait sa pâture,
L'orgueil est général en l'humaine nature.
L'un se croit un grand homme et n'est qu'original;
L'autre se croit charmant et se montre à cheval,
Le cigare à la bouche et paré d'une rose,
Tandis qu'en son cerveau l'esprit est lettre close;
Il vit pour le public ainsi qu'un histrion,
Se proclame partout roi de la fashion.
L'autre critique à tort et fait l'Aristophane,
Son rire est un pamphlet. Ce n'est pourtant qu'un âne!
Que dites-vous, ami, de ce vieil Adonis
Jouant de la prunelle aux genoux de Philis?
Sa bourse est rondelette, il espère séduire;
Oh! pour le souffleter la main semble me cuire.
En somme, l'être humain est un sot animal
Qu'on n'a pu définir. Pitre de carnaval,
Arlequin effronté, risible en sa folie,
Le bizarre lui plaît. A la mode il se lie,
De ce tyran fantasque il se fait serviteur
Et se grime à plaisir ainsi qu'un vil acteur.
Le masque est tout pour lui, car être c'est paraître,
Et vivre savamment c'est trouver le bien-être.
Enfin l'homme en tous lieux s'étudie à tromper,

En évitant toujours de se laisser duper.
Riez, dansez, ô fous! C'est la commune vie,
Que vos dehors trompeurs à tous fassent envie.
Renards, singes et loups dans la peau du lion,
Formez-vous une cour; c'est votre ambition.
Partout je vois surgir Escobards et Baziles,
Ou Don Juans sans cœur aux conquêtes faciles,
Tantôt le bon Tartufe aux discours doucereux;
Ou bien Polichinelle aux dehors gracieux,
Faisant rire la foule et fort à la parade,
Jouant le commissaire, affrontant l'algarade,
Approuvé du parterre, en haut de ses trépieds
Et sachant à propos retomber sur ses pieds.
N'oublions pas ces gens faisant la courte échelle,
En quête des honneurs. Ils tombent comme grêle
Sur le dos du pouvoir, intriguant près de lui,
Pour se mettre à genoux devant l'astre qui luit.
Oui, je hais ces naïfs, fanatiques stupides
Admirant fermement des choses insipides,
Qui croiront au mensonge en tête d'un journal,
Pour qui toujours l'absurde est un friand régal.
A nous autres rêveurs, fouilleurs de la pensée,
Toute banalité nous paraît insensée;
Nous cherchons l'impossible et croyons au parfait,
Il n'existe jamais, croyez-le, c'est un fait,

Car à côté du bien toujours le mal abonde
Et cela durera tant que sera le monde.
Pour moi, dans tous pays je cherche la raison,
Où je puis la trouver, je bâtis ma maison.

L'Idéal

Idéal enchanteur qui berces notre esprit,
Tu n'es vraiment qu'un mythe, et vers toi l'on aspire ;
Ta beauté ravissante en songe nous sourit,
Et ton souffle puissant fait naître le délire.

Tu soutiens les mortels dans leurs jours de douleur ;
Ils aspirent vers toi, fascinés par tes charmes,
Et de songes dorés tu consoles leur cœur,
A ta douce chaleur s'évaporent leurs larmes.

Idole de l'artiste et du barde inspiré,
Tu fus le créateur de chefs-d'œuvre sublimes ;
Par tes attraits puissants le poète attiré
S'élève, pour te voir, jusqu'aux plus hautes cimes.

Mais croyant contempler un Idéal parfait,
Il se trouve déçu dans sa vaine espérance,
Et voyant s'exhaler le rêve qu'il a fait,
A te peindre au passage il sent son impuissance.

L'amour que tu fais naître, ô puissant idéal !
Dans le cœur de chacun vient allumer sa flamme ;
Nous la sentons grandir au plus faible signal,
Et son éclat subit illumine notre âme.

Source d'enthousiasme, ô prisme séduisant,
Combien se laissent prendre à ton brillant mirage ;
Dans ton ardent brasier, combien, en l'attisant,
Y cherchent le bonheur et perdent le courage !

Viens encore longtemps poétiser mes jours,
J'aime l'illusion aux attraits éphémères ;
Idéal, de mes ans viens embellir le cours,
Que ma muse s'inspire à tes belles chimères !

L'Artiste

A MONSIEUR MARÉCHAL.

Honneur à toi, peintre sublime !
Sous tes pinceaux hardis, puissants,
Le verre lui-même s'anime
Et prend des tons éblouissants.

Oh ! que de magie il respire !
Ta main y trace de grands traits.
Et de l'idéal qui t'inspire,
Tu nous fais aimer les attraits.

De l'Artiste, homme de génie,
Comme les yeux étincelants
Eclairent la face amaigrie
Aux cheveux noirs et chatoyants !

On reconnaît le futur maître,
L'Idée habite ce grand front,
Et bientôt on la verra naître,
Tous avant peu l'admireront.

Serait-ce point, on peut le croire,
Souvenir de tes jeunes ans,
Alors qu'entrevoyant la gloire
Tu ne comptais que vingt printemps ?

C'est bien l'auteur de Galilée [1]
Et de cent pastels séducteurs
Où la Lorraine révélée
Montre ses sites enchanteurs.

Le peintre qui du moyen âge
Sondant les secrets égarés,
De plus d'une sublime page
Illustra nos temples sacrés.

Avant la fin de ta carrière
Que ton triomphe te soit doux !
Metz, de son enfant est fière ;
Ne grandis-tu pas parmi nous ?

---

[1] M. Maréchal est l'auteur d'un tableau représentant *Galilée*,
et de plusieurs pastels, paysages lorrains.

La Fille du Tintoret

A la faible lueur d'une lampe expirante,
Personnage immobile auprès d'une mourante,
Un homme est là, debout, les larmes dans les yeux,
A sa fille qui râle adressant ses adieux.
Marietta s'éteint, et son père, près d'elle,
Voit mourir de ses jours la dernière étincelle.

Pleure, peintre sublime, immortel Tintoret,
Tu perds ta fille unique, elle qui t'inspirait,
Dont la douce présence exaltait ton génie,
Pour elle on a sonné l'heure de l'agonie!

Elle va te quitter pour s'envoler au ciel,
Emportant le bonheur et te laissant le fiel.
La mort va moissonner la fille de Venise,
En proie à la douleur, sa poitrine se brise ;
La muse des beaux-arts va prendre son essor.
Artiste infortuné, que terrible est ton sort!

La lampe en tremblotant menace de s'éteindre ;
Tandis que sur son cœur Robusti veut l'étreindre,
Marietta s'agite et murmure un soupir,
Jette un dernier regard et s'étend pour mourir.
De la vie éphémère abandonnant les langes
Son âme va s'unir aux célestes phalanges,
Une auréole sainte illumine ses traits,
La mort semble ajouter du charme à ses attraits.

Nautoniers nonchalants, cessez vos barcaroles,
Laissez flotter la rame aux flancs de vos gondoles;
O Venise la belle, où règnent les amours,
De tes mille plaisirs ne poursuis pas le cours !
Laisse les chants joyeux pour les hymnes funèbres,
Ne sens-tu pas la mort planer dans les ténèbres ?

De ses cheveux blanchis par l'âge et les travaux
Le vieillard sanglotant arrache les lambeaux.
D'une fiévreuse main il saisit sa palette,
Et des vives couleurs qu'au hasard il y jette
Il empreint son pinceau. O maître ! ô Tintoret !
La toile est sous tes yeux, le chevalet est prêt.
Quel sera ton modèle et de quelle figure
Veux-tu peindre les traits, ô roi de la peinture ?

Une couche funèbre est là, devant ses yeux,
Dans les plis du suaire est un ange des cieux.
Quoi donc de plus céleste et de plus idéal
Que de ces traits chéris le contour virginal ?

Sa main se raffermit, il s'arme de courage :
De sa fille chérie il va tracer l'image.
Son regard désolé s'attache à ce beau front
Qui du trépas encor n'éprouve pas l'affront.
Dans sa sublime extase il retrempe son âme,
Et l'amour paternel est le feu qui l'enflamme.

Bientôt sous son pinceau Marietta revit,
Son œil cave s'anime et sa bouche sourit.
De ses cheveux épars il rajuste le voile,
Et leurs replis soyeux renaissent sur la toile.
La vie, à son appel, a remplacé la mort,
Et la Tintoretta semble revivre encor.

Courage, Robusti ! c'est ton œuvre dernière,
Ton génie a fourni sa superbe carrière,
Avec Marietta ton talent va périr,
Tes pinceaux vont chômer, toi-même vas faiblir.
Dans l'amour paternel tu puisais le génie,
Et des tons éclatants la suave harmonie.

A quoi bon maintenant reprendre tes pinceaux ?
Ta fille ne peut plus partager tes travaux.
Ah ! brise ta palette et renonce à ton art :
Ta gloire te suffit, ô malheureux vieillard !
Le feu qui t'animait ne brûle plus tes veines,
Ton talent s'est éteint étouffé par tes peines !

Son œuvre est terminée, il jette son pinceau,
Et devant lui se dresse un sublime tableau.
Mais loin de se calmer, sa douleur s'exaspère.
Qui pourrait exprimer cette douleur d'un père
Devant l'image inerte et le froid souvenir
Lui rappelant le temps qui ne peut revenir !...

Du portrait au modèle il reporte sa vue ;
Il compare, il gémit, et son âme éperdue
Ne voit plus que la mort ; pour la première fois
A son ardent appel son enfant est sans voix.
Un portrait seul lui reste et son aspect le navre ;
Quant à Marietta, ce n'est plus qu'un cadavre
Que demain dans la bière on viendra déposer.

Tendre père, hâte-toi d'y poser un baiser :
Ce sera le dernier, car bientôt sous la terre
La muse des beaux-arts dormira solitaire !

A M. Henry Maguin

Je ne puis me lasser de t'écouter, ami ;
Qui n'a pas ce bonheur te connait à demi.
Ton amour pour le beau te transporte et t'enivre,
Ton esprit élevé s'attache à le poursuivre ;
La vérité te sert de guide et de fanal,
Et ton rêve sans fin se berce d'idéal.

Il est vaste le champ que ton esprit laboure;
Que le pas du semeur jusqu'au bout le parcoure !
Honneur au philosophe, honneur au travailleur
Qui montre dans la lutte une pareille ardeur:
C'est Jacob comprenant l'archange séraphique,
Qui monte les degrés de l'échelle biblique.
L'ange c'est l'idéal, Jacob c'est le penseur;
A monter dans l'espace il use son ardeur.
Une vive lueur l'éblouit, le terrasse,
Et rend nulle parfois son héroïque audace;
Mais la voie est tracée, il connaît le chemin
Qui mène à l'idéal, au royaume divin.
Là siége le bonheur qu'on se plaît à rêver;
Et que peu d'entre nous, hélas ! savent trouver.
Longtemps un voyageur, au pays des savanes,
Recherche un endroit sûr, aimé des caravanes,
Halte au sable sans fin de l'immense désert.
Cet oasis béni, lorsqu'il l'a découvert,
Lui donne le repos ; l'onde jaillit de terre
Et rafraîchit ses sens que la chaleur altère.
Que de charmes pour lui ! que de riants attraits !
Il s'étend sur la rive, il y boit à longs traits.
Ami, tu l'as trouvé le repos de ton âme,
Aux rayons de ce feu qui t'inspire et t'enflamme;

De la sagesse antique en te faisant l'amant,
Tu sais nous dispenser un utile aliment.
Oui, sur le mont Thabor tu peux dresser ta tente,
Contempler l'idéal sans aucune épouvante,
En cherchant dans Dieu seul l'auguste vérité
Dont, comme enfants du Christ, nous avons hérité.

Ami, guide mes pas dans la noble carrière.
J'ai sondé cette vie et la trouvant amère,
Au milieu des plaisirs mon esprit s'égara.
Cependant la lumière un jour se dévoila,
Car il est des instants où l'âme étend ses ailes;
Ne trouvant ici-bas qu'amertume et que fiel,
Elle vogue en planant aux rives éternelles;
Elle quitte la terre et monte jusqu'au ciel,
Et dans l'espace immense, au sein même des nues,
Comme l'aigle superbe aux sphères inconnues
Un vol majestueux dirige son essor.
Mais le corps la rappelle : il n'est pas temps encor :
La matière l'oppresse, elle en fait son esclave;
L'âme n'est pas du monde et son règne est là-haut.
Quand donc viendra le jour où, brisant tout entrave,
Elle pourra sortir enfin de son cachot!

Beethoven

A MONSIEUR DE LEMUD

Il dort. Son âme au ciel s'égare ;
Avec amour les sons ailés,
En formant un essaim bizarre,
Sous ses doigts se sont envolés.

Ce songe est celui du génie,
Qui trouvant ce monde banal,
Plus haut berce sa rêverie,
Magnétisé par l'idéal.

Oh ! voyez quelle apothéose !
Il domine notre horizon.;
Sur un nuage son pied pose
Emporté par le tourbillon.

Il s'arme d'un archet magique,
Et voici qu'au milieu des airs
Surgit l'orchestre fantastique
Digne des célestes concerts.

Et commence le grand poème
Qui plaît tant aux esprits rêveurs,
Où tout penser trouve son thème,
Dont chaque son va droit aux cœurs.

Bientôt mille accords s'entremêlent,
Mélancoliques, larmoyants,
Tous se suivent et tous s'appellent,
Empreints de désespoirs poignants.

Ce n'est plus chansons d'hyménées,
Fuyez, fuyez, heureux du jour,
Avec vos femmes couronnées,
Ce ne sont plus des chants d'amour.

Venez, vous dont l'âme soupire,
Vous tous à l'esprit sombre et noir,
Vous tous que la douleur déchire,
Vous tous qui n'avez plus d'espoir.

Vous tous, parias de la vie,
Infortunés au cœur aigri,
En proie aux remords, à l'envie,
Vous tous à qui rien ne sourit.

Quelles notes, quelle harmonie !
Quel jeu divin et quels motifs !
Soupirs sublimes du génie
S'exhalant nombreux et plaintifs !

Le maître, lui, rêve à la gloire
Sans douter que dans l'avenir
Elle n'abrite sa mémoire ;
Son songe ne doit pas finir.

Si Beethoven fut grand poète,
Poursuivant le même idéal
En se faisant son interprète,
Peintre, n'es-tu pas son égal ?

Les Pyrénées

Est-ce le lit profond d'une mer desséchée,
Ou des volcans sans nombre à la crête ébrèchée,
Dont le cratère est froid et sans lave et sans feu,
Dont la vie est éteinte, où Vulcain n'est plus dieu,
Où la neige blanchâtre a remplacé la cendre,
Et d'où, les pieds glacés, il nous faudra descendre ?
J'aime ces pics géants, colosses imposants
Aux rochers de granit, aux flancs ardus, luisants,

De la grandeur de Dieu splendides témoignages,
Des célestes beautés magnifiques images.
Lorsque le soleil luit à travers ces chaînons,
Que la lumière y creuse et ravins et vallons,
Près de tons éclatants disséminant les ombres,
Et dardant ses rayons sur les nuages sombres,
Que d'horizons divers, que d'étranges couleurs,
Que de lointains obscurs, que de vives lueurs !
Les monts semblent des sphynx accroupis sur leur base,
Lorsque je les admire en ma muette extase.
Je crois voir ces géants, qui, trop audacieux,
Voulurent, dit la fable, escalader les cieux,
Demi-dieux de la terre, orgueilleux et superbes,
Brunis par le soleil, couverts de mousse et d'herbes :
Portant sur leur front nu les stygmates du temps,
Impassibles vieillards comptant plus de mille ans ;
Insouciants témoins d'incessantes tempêtes,
Laissant passer l'orage au-dessus de leurs têtes.
Aussi vieux que le monde et comme lui mortels,
Du Dieu qui les créa magnifiques autels,
Dont l'aigle est le grand-prêtre et l'encens le nuage,
Qu'on gravit avec peine en s'armant de courage,
Et d'où l'on redescend l'enthousiasme au cœur,
Trouvant l'homme petit auprès du Créateur.

L'Ile des Morts

LÉGENDE DRUIDIQUE

— Femme, qui donc frappe à la porte
A l'heure où tout repose et dort?
— Ce bruit, c'est le vent qui l'apporte,
Minuit n'a pu sonner encor.

— Non, je l'entends, ce bruit est proche,
Ce n'est point celui de la mer
Qui se brise contre la roche,
Oh ! c'est plutôt un bruit d'enfer !

Femme, ce sont les âmes mortes
Que tourmentent mille remords ;
Qui viennent frapper à nos portes
Pour aller à l'île des morts.

Oui, je vais ouvrir à ces âmes,
Et leur demander, n'est-ce pas ?
Ce qu'au sortir de leurs flammes
Elles viennent faire ici-bas.

Il ouvre et ne voit que des ombres
Qui se pressent contre son seuil ;
Il ne saurait compter leurs nombres
Et se signe en marque de deuil.

Elles courent sur le rivage,
Il a peine à les suivre au port ;
Sa barque aussitôt sur la plage
Est déjà pleine jusqu'au bord.

Sous leurs pieds la barque s'affaisse ;
Il prie, il rame avec ardeur,
Sous sa main elle se redresse,
Dieu prend pitié de sa terreur.

Minuit sonne, voici la terre
De l'île déserte des morts ;
La barque devient plus légère,
Et sa main rame sans efforts.

Le jour succédant aux ténèbres,
Sitôt qu'il put rentrer au port,
De tous ces passagers funèbres,
Il ne resta rien à son bord.

— Femme, ce sont les âmes mortes
Que torturent mille remords,
Qui viennent frapper à nos portes
Pour aller à l'île des morts.

A Mme ***

La solitude et le silence
Règnent partout en vos grands bois ;
On y jouit d'un calme immense,
Du vent seul on entend la voix.

Des grands arbres la ligne noire
S'étend tout le long du chemin,
Telle qu'une bande de moire,
La plaine forme le lointain.

Vaste bruyère, ajoncs modestes,
Large étang, grande nappe d'eau,
Complètent les lignes agrestes
De ce pittoresque tableau.

Partout des bois aux tons verdâtres,
Fouillis touffus, mystérieux,
Dont les peintres sont idolâtres
Et les poètes amoureux.

De ce séjour la souveraine,
Qui de plaire se fait un jeu,
Sait aussi bien tissser la laine
Que manier une arme à feu.

Les victimes de son adresse
Couvrent la nappe du festin,
Et là, sa grâce enchanteresse
Fait les honneurs de son butin.

La musique, la poésie,
L'aiguille occupent ses loisirs ;
Elle impose sa fantaisie
Et nous fait aimer ses plaisirs.

En vidant la dernière coupe,
Je promettais de revenir ;
Avec moi j'emportais en croupe
L'essaim joyeux du souvenir.

Souffles printaniers

L'ANGE DE POÉSIE

N'est-ce pas la prêtresse à la voix inspirée,
Au regard imposant,
Qui d'un Dieu nous transmet la parole sacrée,
Tout en prophétisant ?

N'est-ce pas la bacchante à l'allure lascive,
     Du pied frappant le sol,
Et qui, de chants joyeux faisant trembler la rive,
     Semble prendre son vol?

N'est-ce pas cette nymphe aux mille tresses blondes
     Qui plonge et disparaît,
Dont le buste d'albâtre, entouré par les ondes,
     Séduit l'œil indiscret?

Ou plutôt n'est-ce pas la sylphide ou la fée
     Qui nous rive à son char,
Et de lauriers trompeurs nous promet le trophée
     Arrosé de nectar?

Oh! non, la poésie est un céleste archange
     Au langage de feu,
Qui, par des sons sacrés d'un bonheur sans mélange.
     Nous enivre en tout lieu.

Daigne planer sur moi, divine poésie,
    Si belle en ton essor ;
A mon cœur ulcéré viens verser l'ambroisie
    Prise à ta coupe d'or.

A bord d'un frêle esquif guide-moi de ton aile,
    Sur une mer d'azur
Protége dans ses jeux ma timide nacelle,
    Bel ange au regard pur !

Que, tranquille, je fende à l'aide de mes rames
    L'Océan idéal,
Qu'au souffle d'un bon vent je maîtrise les lames,
    Guidé par ton fanal.

De rubans et de fleurs viens joncher mon navire
    Et couronner mon front,
O nouvelle Eloa ! de peur que je chavire,
    Guide mon aviron.

Que la robe de lin de ses plis me carresse,
J'implore ton secours,
Je veux être à jamais l'enfant de ta tendresse,
Et suivre tes discours.

Sans cesse à mes côtés, dans mon lointain voyage,
Surveille mon esquif ;
Ne me laisse jamais échouer sur la plage,
Montre-moi le récif.

Déesse tutélaire, à mes chansons joyeuses
Ajoute tes refrains,
Accompagne mes chants d'hymnes harmonieuses
Aux sons purs et divins.

Lorsque l'âme s'attriste et qu'à travers l'esprit
Viennent à voltiger mille nuages sombres,
Qu'à force de souffrir notre cœur s'aigrit,
Que du chagrin sur nous s'accumulent les ombres,

Sur ce ciel obscurci pour ramener l'azur,
Il ne faut bien souvent qu'un sourire de femme.
Baume délicieux, remède doux et sûr,
Il éteint dans le cœur cette incessante flamme
Qui le brûle et le ronge et qu'on nomme l'ennui.
Qu'un mot éclose alors d'une charmante lèvre,
Il dissipe aussitôt cette profonde nuit
Dont le spleen nous recouvre, ainsi que cette fièvre
Qui consume notre âme; en redressant le front,
Vers le ciel nous levons notre tête épuisée.
D'un chagrin d'un instant nous oublions l'affront;
N'avons-nous pas reçu la céleste rosée ?
Un sourire de femme est sourire des cieux,
La femme vertueuse, ici-bas, est un ange
Qui nous ramène au bien; cet être gracieux
Du poète à jamais mérite la louange.
Auprès d'elle toujours nous aimons à prier,
Nous nous sentons meilleurs et nous aimons à vivre,
Douce paraît la vie, et ne peut l'oublier
Qui d'un si grand bonheur se nourrit et s'enivre.

Le Réalisme

Que trouve-t-on de beau dans le froid réalisme ?
Il glace notre cœur et ses vilains tableaux,
En nous désenchantant à force d'égoïsme,
Ne s'offrent retracés que par de noirs pinceaux.

Écrivains terre-à-terre à qui manquen' des ailes,
A ce triste horizon s'arrête votre vol,
Ternes sont vos couleurs et jamais d'étincelles
N'éclairent votre esprit qui rampe sur le sol.

Pourquoi donc de la vie étaler tout l'horrible !
Serait-elle trop belle et faut-il l'obscurcir ?
Sans vos sombres écrits elle est assez pénible,
Pourquoi vous appliquer à vouloir la noircir ?

De l'idéal craignant l'image enchanteresse,
Du vrai vous vous vantez de retracer les traits ;
L'imagination n'est pas votre maîtresse ;
Aveugles vous craignez ses magiques portraits.

Vous éteignez le feu qui consume notre âme,
Vous réprimez l'éclair dont s'anime l'esprit ;
Vous préférez la cendre aux lueurs de la flamme.
Et le beau par vous tous rarement est décrit.

Vous semblez préférer l'ombre à toute lumière :
Trop faibles sont vos yeux, au pur éclat du jour
Languit presqu'aussitôt votre étroite paupière,
Votre cœur reste froid au souffle de l'amour.

Gardez pour vous votre art, sculpteurs sans le génie,
Le marbre dans vos mains est un bloc sans chaleur.
Vous lui donnez, c'est vrai, des formes l'harmonie ;
Mais sous la pierre il faut qu'on sente battre un cœur.

Vous êtes l'ouvrier que l'on rive à sa tâche ;
Le feu sacré pour vous ne descend pas du ciel,
A dépeindre le laid chacun de vous s'attache,
Et Teniers le flamand est votre Raphaël.

Ce n'est point l'aliment que notre cœur réclame,
Notre esprit a besoin de planer dans les cieux,
Et du beau l'idéal divinise notre âme.
Pourquoi nous étaler du monde l'odieux ?

Camée antique

Bacchus, le dieu du vin, s'avance lentement,
Enguirlandé de fleur, la face rubiconde.
Escorté par Silène, et tout en trébuchant,
Un thyrse dans sa main, il fait le tour du monde.

Evohé ! salut, dieu qui préside au raisin !
O mortels ! à genoux, adressez vos prières
A la divinité qui vous donna le vin,
Et les ceps pousseront d'un sol semé de pierres.

Dansez, jeune Bacchante, et vous faunes malins,
Que Priape se montre et se mêle au cortége ;
Un conquérant fameux visite les humains.
Que dans tous leurs travaux l'Olympe les protége,

Que les jeunes garçons viennent danser en rond.
Et qu'ils fassent entendre un délirant cantique,
Qu'ils se vêtent de lin et couronnent leur front,
Pour immoler un bouc à la manière antique ;

Qu'ils versent sur le sol un parfum odorant,
Qu'ils se gorgent de vin, qu'ils arpentent la plaine.
Et tombent terrassés par le jus enivrant :
C'est ainsi qu'on adore un fils du vieux Silène.

Promenade au Bois

A Mme LA BARONNE DE H.

Le vent inspire au vert feuillage
Un murmure discret,
Et des oiseaux au doux ramage
Chantent dans la forêt.

Le chêne s'élève superbe,
　　Au-dessus des ormeaux ;
Il couvre les buissons et l'herbe
　　De ses larges rameaux.

Ma sœur, viens, dans la solitude,
　　Savourer le repos,
Et te distraire de l'étude
　　Par de joyeux propos.

Cueille en passant quelqu'aubépine
　　Qui fleurisse sous bois,
Que du rosier la dure épine
　　Epargne tes beaux doigts.

Puis viens, sur le bord de la mare,
　　Arracher de ces joncs
Dont son eau profonde se pare
　　En mobiles festons.

Entends-tu le cri des cigales,
    La chanson du bouvreuil,
Et sur les branches inégales
    Les sauts de l'écureuil ?

Entends-tu, confondant les notes
    D'un suave concert,
Les fauvettes et les linottes
    Qu'abrite le couvert ?

Au bord du ruisselet qui coule,
    Admire les pinsons
Et la colombe qui roucoule
    De doux et tendres sons.

Ne crains point la bête sauvage
    Qui passe près de nous ;
Nous nous rions de votre rage,
    O sangliers et loups !

Quelle fraîcheur, quelle douce ombre
  Nous couvrent tout entiers,
Dans cette solitude sombre,
  Le long de ces sentiers !

Tous deux nous foulons la fougère
  Courbée en parasol,
Dont la silhouette légère
  S'estompe sur le sol.

Du soleil un rayon à peine
  Éclaire le chemin
Que tu couvres des fleurs qu'égraîne
  Ta nonchalante main.

Ne sens-tu pas, toi qui m'es chère,
  Les fibres de ton cœur,
Au fond de ce lieu solitaire,
  Palpiter de bonheur ?

N'aimes-tu pas mieux la nature
Au sein de nos forêts ?
Oui, je crois que l'âme s'épure
Sous leurs ombrages frais.

A une jeune Fille

A quoi sert ce tendre regard
Où l'amour allume sa flamme ?
Dites, serait-ce par hasard,
Pour que j'y devine votre âme.

Votre âme où tout est candeur
Et qui s'ignore dans sa fleur,
Qui ne respire qu'innocence,
Malgré vos soupirs de langueur?
Ce long regard, est-ce ignorance,
Ou rêves, désirs inconnus
Qui font battre votre poitrine?
Dans ces beaux yeux purs, ingénus,
Sur cette lèvre purpurine,
Est-ce doux sourire d'amour?
Ou bien, belle fille, ce rêve
Qui dans l'idéal vous enlève,
Ne durera-t-il qu'un seul jour?

Singulière rencontre

Le ciel était pur, radieux,
Et de la brise printanière
Le doux souffle venant des cieux
Rendait mon âme plus légère.

Par un contraste douloureux,
De la mort le triste cortége
Tout à coup parut à mes yeux.
Une douleur que rien n'allège
Courbait des fronts silencieux.
Voyant ma gaîté disparaître,
Je réfléchis au triste sort,

    A la triste mort

Qui nous attend, bientôt peut-être,
Lorsqu'un pauvre hère, un vieillard,
Près de moi passa par hasard.
Affaissé sous le poids de l'âge,
Pâle, recouvert de haillons,
Les ans avaient sur son visage
Buriné d'énormes sillons.

    Ce triste personnage

Qui me faisait l'effet d'un sage,
Silencieux, à petits pas,
Marchait drapé comme un vieux doge.

    Il portait sous son bras

Le cadran d'une vaste horloge ;
L'aiguille, j'en ai souvenir,
Sur midi s'était arrêtée.
J'entendis l'heure retentir
Parmi la foule contristée,

Douze fois lentement frappé
Résonna le timbre sonore,
Et dans mon esprit dissipé
J'entends ces coups sonner encore.
Cet homme n'est-il pas le Temps
Venant rappeler aux vivants
Que leurs jours ont une limite,
Que les heures marchent bien vite,
    Que nos ans sont courts,
Et que trop rapide en son cours,
L'aiguille jamais ne s'arrête
Que sa tâche ne soit complète ?

A un Enfant

Doux orgueil de ta mère, enfant aux blonds cheveux,
Aux deux lèvres de rose, à la face mutine,
Accorde quelque trêve à l'ardeur de tes jeux,
Et réprime les ris sur ta bouche lutine.

C'est à toi que je parle et que je lis ces vers ;
Quoique bien jeune encor de ton intelligence
Se montrent les ressorts, les rouages divers,
Formés par la nature au jour de ta naissance.

Ton âme à son aurore a ce reflet doré
Qui tombe sur nos cœurs comme un baume suave ;
N'es-tu pas un tyran, chérubin adoré,
Dont chacun se complaît à se montrer l'esclave ?

Ton désir est un ordre auquel chacun souscrit,
On partage tes jeux, on rit à ta parole.
N'es-tu pas cette fleur à qui le ciel sourit,
Dont à l'éclat du jour s'entr'ouvre la corolle ?

Pour calmer tes chagrins que ne ferait-on pas ?
Le baiser d'un enfant est une récompense,
On aime à présider à ses joyeux ébats,
On rajeunit son cœur aux jeux de l'innocence.

Bel ange par le ciel envoyé parmi nous,
Pour calmer la douleur, enfant, par un sourire
Tu dérides nos fronts; dans tes regards si doux
Bien souvent j'ai trouvé quelque chant pour ma lyre,

Un remède soudain à quelque noir chagrin,
Un divertissement à mon âme ulcérée,
Un rayon émané du royaume divin,
Un éclair favorable à ma muse inspirée.

Mais chacun a son tour, chaque âge a ses plaisirs,
La jeunesse a ses jeux et son insouciance,
Pour l'âge mûr il est de plus graves loisirs :
Tel est, ô cher enfant! le sort de l'existence.

———

Les Gihoyers

Giboyers, voici l'heure ; en écumant de rage,
Hurlez donc sur les toits le blasphème et l'outrage
Obscènes turlupins, dressez-vous des tréteaux.
Accourez parader recouverts d'oripeaux.

Le scandale est de mode. De haine et de furie
Armez-vous donc, beaux fils, et la foule ahurie
Accourera bientôt applaudir des deux mains.
Point de détours, n'allez prendre quatre chemins,
Comme preux chevaliers attaquez bien en face :
Le courage impudent plaît toujours à la masse,
Frappez bras raccourcis, les nobles, le clergé,
Et tous ces vieux débris dont le sol est chargé,
Aux fils de Giboyer, le triomphe et la gloire !
Ces plats gueux dégrossis proclament la victoire.
Quel fracas ! Ecoutez ; entendez-vous leurs cris ?
Pour parler tour à tour ils se sont tous inscrits.
Accourez au théâtre entendre leurs harangues,
Distiller à longs flots tout le fiel de leurs langues.
Ce n'est plus au forum que tonnent leurs fureurs.
Pour mieux en imposer ils se sont faits acteurs,
Et ces vils histrions sont montés sur la scène
Pour vomir tous les soirs leur diatribe obscène.
Oui, partout, dans la salle et jusques au foyer,
L'on heurte avec dégoût les fils de Giboyer.
Voyez comme ils sont fiers. J'aperçois à leur tête
Le roi des insulteurs, qui, naguère poète,
Est retombé du ciel, Caron aux petits pieds,
Qui sur Pégase un jour perdit les étriers.

Voltaire aurait rougi de cet enfant posthume
Qui croit de Poquelin avoir trouvé la plume.
De quels droits à médire ose-t-il se targuer ?
Nous sommes désarmés, croirait-il nous narguer ?
Élève de Rousseau, poète pamphlétaire,
Armé de pied en cap à qui fait-il la guerre ?
Il s'attaque aux partis ; quels sont donc leurs méfaits ?
Les hommes de son bord sont-ils donc plus parfaits ?
Que veut-il fatiguer des coups de sa férule ?
Il frappe dans le vide et devient ridicule.
D'un complot inconnu se posant en vengeur,
Il paraît à mes yeux un magister rageur
Qui bave de colère, un second Don Quichotte,
S'en prenant aux moulins, un fou sans sa marotte,
Triboulet sans gaîté secouant ses grelots,
Et lançant à son ombre un paquet de gros mots.
Oui, s'armant d'un poignard et recouvert d'un masque,
Il lui plut d'attaquer, au fort de la bourrasque,
Des hommes sans armure, en dehors des tournois.
Quel succès peu coûteux ! Il nous croit aux abois ;
Qu'il nous laisse aiguiser le fer de notre lance,
Et l'on nous verra tous punir son insolence.
Descendant dans l'arène en loyaux chevaliers,
Visage découvert, laissant nos boucliers,

L'on nous verra bientôt répondre à son insulte.
Icare veut voler; oh ! gare à la culbute !
N'ayons point de pitié pour tous ces effrontés
Qui grouillent dans Paris, bohêmes éhontés,
Qui vont battre monnaie aux planches des théâtres,
En flattant les instincts des badauds idolâtres.

A Mademoiselle H. de ¨¨

Vous exigez de moi que j'écrive des vers.
Eh ! que puis-je chanter ? Ma muse m'abandonne.
Oui, j'ai vu s'effeuiller sa modeste couronne.
Et l'idéal échappe à mes esprits déserts.

J'avais cru le saisir dans ma tendre jeunesse,
Quelques ans ont suffi pour calmer mon ivresse.
Ce n'était qu'un nuage aux reflets empourprés
Qui fascinait mes yeux dans le ciel égarés ;
Mais vingt ans ont sonné, dès lors plus de nuage,
Ce que j'admirais tant n'était que pur mirage.

A votre âge charmant, le songe dure encor,
L'avenir vous séduit, la vie est un beau rêve
Dont bientôt par malheur le voile se soulève ;
L'esprit, aiglon hardi, veut prendre son essor.
S'élançant dans l'espace il bat, joyeux, des ailes :
Les promesses du cœur lui paraissent si belles !

Vous êtes à cet âge où l'âme en sa candeur
A l'amour des plaisirs se livre avec ardeur.
Sachez en profiter, ce temps ne dure guère
Et la réalité bientôt nous fait la guerre ;
Mais qu'un jour l'on rencontre, en suivant son chemin,
Quelques êtres aimants qui vous tendent la main,
Et que d'eux on reçoive un accueil charitable,
Le cœur redevient jeune et la vie agréable.

C'est ainsi que naguère un Lorrain voyageur,
Quelque peu philosophe et poète rêveur,
Découvrant tant de grâce et si belle jeunesse
En admira dès lors l'image enchanteresse.
Tressaillant de plaisir, il se sentit heureux,
Alors de l'amitié forma les plus doux vœux.

Qu'on accepte ces vœux de ma muse endormie.
Si le souffle sacré dans moi s'est ranimé,
Si j'ai trempé ma lèvre à ce vase embaumé
Qu'on nomme l'Idéal, ô gracieuse amie !
C'est que, croyez le bien, je veux vous obéir ;
Vos ordres accomplis, ma muse va s'enfuir.

Les Bulles de savon

Enfants joufflus, formez vos bulles ;
Qu'un faible jonc,
Dans vos mains, distille en globules
L'eau de savon.

Comme s'envole dans l'espace
    Le papillon,
Chaque bulle passe et repasse
    En tourbillon.

De notre esprit c'est la peinture,
    Car, inconstant,
Il change sa marche peu sûre
    A chaque instant,

Dans un prisme brillant se peignent
    Nos fictions,
Et ses belles couleurs s'imprègnent
    D'illusions.

Comme ces sphères gracieuses,
    Au moindre vent,
Vous les verrez tout aussi creuses
    Qu'auparavant.

———

A la Moselle

ODE

Tu portas sur les eaux César et ses soldats ;

Tu vis l'aigle romaine

Se mirer dans ton onde et voler aux combats

Qui grondaient dans la plaine.

Tu vis les flots pressés des Francs et des Germains

Aller à la dérive ;

Leur figure barbare et leurs cris inhumains

Étonnèrent ta rive.

Guise, Condé, Villars, Moreau, Napoléon,

Ont connu ton mirage ;

A plus d'un étendard, à plus d'un bataillon

Tu servis de passage.

Blanche perle enchâssée au milieu des vallons,

Coquette, tu serpentes

Parmi les pampres verts, les riantes maisons

Des monts aux douces pentes.

Tu vois reluire au loin sur l'arche de tes ponts
  Le fier éclat des armes,
Et souvent sur tes bords le bruit sourd des canons
  S'unit aux cris d'alarmes.

Tu serres dans tes bras, plus lente dans ton cours,
  Metz, la ville pucelle,
Et défends de tes eaux ses remparts et ses tours,
  En gardienne fidèle.

Au pays allemand ta rive s'embellit
  De sites romantiques,
Et porte pour couronne à ses rocs de granit
  De vieux châteaux gothiques.

Roule ton sable d'or, Moselle, loin de nous;
  En fidèle compagne
Va réunir tes flots à ceux de ton époux,
  L'orgueil de l'Allemagne.

Il aime ta présence ; hâte-toi de venir
A son onde en démence
Mêles ton bel azur ; avec lui va mourir
Dans l'Océan immense.

La Pologne

Chacun la croyait morte et nous pleurions sa mort.
C'était le long sommeil causé par l'esclavage,
La lionne s'éveille, elle rugit et mord,
En voulant les briser, les barreaux de sa cage.

Un peuple ne meurt point, il s'assoupit parfois,
Brisé par la douleur. En lui plus rien ne vibre;
Sous le knout du vainqueur il assourdit sa voix,
De pleurer en silence il n'est pas même libre.

Que le souffle de Dieu vienne à passer sur lui,
D'un bond il se relève et redresse la tête,
Car le tonnerre gronde et les éclairs ont lui.
Il entend retentir au fort de la tempête
Le mot de liberté. C'est l'heure du combat.
Jadis il gémissait au milieu du massacre;
Dieu parle: il s'arme, marche et redevient soldat

Ce n'est plus le martyr que la douleur consacre,
C'est un peuple sublime aux généreux accès
Qui redemande un nom et, pur de tout excès,
Du Dieu qui le protége attend sa délivrance,
Oubliant dans la mort l'horreur de la souffrance,
Défendant pas à pas le sol qui l'a nourri,
Contre ses oppresseurs dont le nom est flétri.

Lazare, dès longtemps privé de la lumière,
Dormait dans son tombeau; demandant son réveil,
Ses deux sœurs à Jésus adressent leur prière,
Et leur frère revit et cesse son sommeil.

O peuple polonais! n'es-tu donc pas cet homme
Ressuscité par Dieu? Que ton réveil est beau!
La France te regarde, avec amour te nomme.
Déchire ton linceul et sors de ton tombeau!

Souvenons-nous. Jadis aux temps des grandes guerres,
A l'heure du péril tu nous prêtas ton bras;
Pourrons-nous oublier nos frères de combats,
Les souvenirs chez nous seraient-ils éphémères?

Après à ta valeur avoir donné l'essor,
Grand peuple, ton navire atteindra-t-il le port?
Pourras-tu conquérir le nom qu'avaient tes pères?
Pourras-tu restaurer le trône de tes rois?
Et bientôt, à nos yeux, pour prix de tes exploits,
Ne former qu'un faisceau, qu'une race de frères?
Ou délaissé par tous, par l'Europe et par Dieu,
A l'espoir, pour toujours, te faut-il dire adieu?

Succombant sous les coups et saignant de blessures,
Harassé de fatigue et couvert des morsures
De l'aigle impérial qui déchire tes flancs,
Et ronge avec amour tes membres palpitants,
A tes trop longs malheurs ne trouvant plus d'échos,
De tes bras décharnés laissant tomber les armes,
Un jour, pour protester, tu n'auras que tes larmes :
A quoi bon te débattre aux mains de vils bourreaux ?

Sagesse et Folie

DIALOGUE

ERNEST

Quel est donc le motif de cet air soucieux
Que tu montres partout? Des hommes et des cieux
As-tu lieu de te plaindre? Est-ce que la fortune
Pour toi serait marâtre et, mégère importune,
Serait venue, hélas! te tomber sur les bras?
Ou bien, vivre à tes yeux n'aurait-il plus d'appas?
Est-ce que Jean-qui-rit deviendrait donc morose,
Ayant trouvé l'épine à côté de la rose.

11

GUSTAVE

Tu l'as dit. Le dégoût en oppressant mon cœur
Transforme en homme grave un forcené rieur.

ERNEST

Le diable tout à coup se ferait-il ermite ?
Ce serait, pour le vrai, changer un peu trop vite.

GUSTAVE

C'est pourtant mon état. Veux-tu parler raison ?
Après avoir tous deux connu même horizon,
Tandis qu'avec bonheur tu tenais tête aux lames
Contre d'affreux récifs j'avais brisé mes rames.

ERNEST

Deviens-tu donc poète ? Ah ! ce serait trop fort.

GUSTAVE

Que ce soit prose ou vers, il est de fait qu'au port
Échoua mon esquif. Après que de la vie
J'ai dégusté la coupe en rejetant la lie,

Serait-ce lassitude, ou malaise d'esprit,
Au réveil de l'ivresse et le cœur tout aigri,
A peine dégrisé d'une stupide orgie,
Du vin que j'avais bu la lèvre encor rougie.
De mon rôle insensé je me trouvais honteux,
Et des larmes de sang coulèrent de mes yeux.
Je sentais que mon âme avait déjà des rides,
Et qu'en courant la plaine et sans mors et sans brides,
Comme un cheval fougueux fléchissant le jarret,
Je m'étais abattu dans un moment d'arrêt ;
Le dégoût désormais me saisit à la gorge.

ERNEST

Chimère, songe creux que ton esprit se forge,
O cauchemars bien courts d'un pénible sommeil
Qui s'évanouiront aux heures du réveil !

GUSTAVE

Je ne le sens que trop, ce n'est point dans les ombres
Que je vois voltiger mille nuages sombres ;
Non, je ne rêve point, ma tristesse est trop vraie,
J'ai recueilli les fleurs, c'est au tour de l'ivraie.

ERNEST

Ami, je t'en conjure, n'est-il pas ici-bas
Place pour le bonheur ? A plaisir tu l'abats ;
Au ciel lève les yeux, l'azur y brille encore.

GUSTAVE

Pour moi depuis longtemps a disparu l'aurore.
Non, je ne verrai plus que le sombre brouillard,
L'orage et les éclairs.

ERNEST

Infortuné vieillard
N'évoquant à trente ans que misère et souffrance !
Je te plains de tout cœur.

GUSTAVE

Plains-moi ; sans te tromper,
Sur moi tu peux gémir.

ERNEST

Voudrais-tu me duper ?
Est-ce un dernier feuillet de ton long répertoire ;
Après m'avoir joué, tu vas chanter victoire ?

GUSTAVE

Ai-je jamais menti ? Modèle de franchise
J'aime la vérité.

ERNEST

C'est le spleen qui te grise.
A ton âge peut-on se mourir de langueur !
Allons ! jeune vieillard, laisse-là ta torpeur ;
Tu n'en es qu'au réveil, eh bien ! après l'épreuve,
Caméléon charmant, rendors-toi, fais peau neuve.

GUSTAVE

Peste de ton image ; cela va toujours bien
De prêcher un pécheur lorsqu'on est bon chrétien.

ERNEST

Imite mon exemple ; aux charmes de l'étude
J'ai consacré mes jours; aussi la solitude
Ne semble m'apporter que des loisirs trop courts.

GUSTAVE

Je t'entends, beau diseur, mais foin de tes discours !
Je n'ai jamais connu le charme de tes livres.
O lecteurs érudits ! n'êtes-vous pas tous ivres?
C'est pour peu se brûler, se creuser le cerveau,
On l'a dit : sur la terre il n'est rien de nouveau,
C'est se remplir l'esprit de choses ressassées.

ERNEST

L'on orne son esprit des plus belles pensées;
Au milieu de ce tout il nous faut faire un choix.

GUSTAVE

Le choix est difficile et me met aux abois.
Travaille, si tu veux, moi je ne suis qu'artiste,
Sois, si cela te plaît, poète ou botaniste,

J'aime et goûte le beau; je crains de travailler,
Au fond de ton creuset j'ai peur de me brûler.
J'estime l'ouvrier, l'abeille industrieuse,
Le savant fanatique à l'humeur curieuse;
J'admire leur labeur, jouis de leur effort,
Leur courage m'étonne; à moi voici mon sort,
D'autres sépareront le miel d'avec la cire,
J'aime mieux écouter que de lire ou d'écrire,
Je fais cas des savants et j'en fais mon profit,
Mais, pour les imiter, grossir leur nombre, fi!

ERNEST

Deviens époux alors; car l'amour d'une femme
Est le baume divin préparé pour ton âme.
Oui, lorsque tes enfants, jouant sur tes genoux,
T'appelleront leur père, oh! que ce nom est doux!
Ton cœur rajeunira, tu sécheras les larmes,
De ce monde pour toi renaîtront tous les charmes.

GUSTAVE

Merci de ce bonheur; mais tes conseils sont bons,
Je m'en vais de ce pas chasser aux laiderons.

Je suis riche après tout; morbleu, je puis prétendre
De quelque vieux richard à devenir le gendre.
De mes fautes, c'est vrai, je fais le triste aveu,
Mais mon front, par bonheur, n'est veuf d'aucun cheveu.
Mon cœur est resté vierge et se met à l'enchère,
Je pourrais, je le crois, faire une bonne affaire.
Les filles, de nos jours, ne cherchent que l'argent
Et ne ferment leur cœur qu'à l'amour indigent.
Mettons-nous en campagne et vogue la galère;
Que me conseilles-tu?

ERNEST

Je t'engage à te taire;
Par ces mots déplacés tu profanes l'amour,
C'est un enfant peureux qui craint les feux du jour.
Il vaut mieux s'adorer dans une douce aisance,
Qu'étrangers l'un à l'autre, au sein de l'opulence,
Au milieu des plaisirs courir avec ardeur,
Pour combatre le froid qui vous glace le cœur :
Ce qu'on nomme l'amour, cette chose adorable,
Aux trésors de ce monde est cent fois préférable.

GUSTAVE

J'aime le luxe, moi, j'y suis accoutumé,
Et crains de végéter pour avoir trop aimé.

A quoi sert donc l'amour s'il se perd dans les nues,
Côtoyant au hasard des rives inconnues ?
Nous ne vivons que d'or et non pas d'idéal,
Vrai nectar de poète et pour moi trop banal.

ERNEST

Insensé, guéris-toi, nourris-toi d'ellébore,
Reviens à la raison, il en est temps encore.
Ernest, de la sagesse écoute les avis,
L'on ne se repent pas de les avoir suivis.
Est-ce là le veau d'or que rêvait ta jeunesse,
Alors que de ses jeux tu savourais l'ivresse ?

GUSTAVE

Oui, mon cher, tu l'as dit, en notre âge d'ennui
Le doux rayon de l'or éclaira cette nuit
Dont le spleen nous étreint, et c'est vers lui qu'un jour
Nous tournons notre esprit en lui faisant la cour ;
C'est ce Dieu qu'au sortir de nos courtes folies,
Nous venons adorer.

ERNEST

Cesse les homélies,

GUSTAVE

Toi, magister bourru, mets fin à ta leçon :
Crois-m'en, laissons chacun agir à sa façon.

———————

Au Christ

Roi du monde et du ciel je t'aime et te vénère,
J'appris à t'adorer dès le sein de ma mère ;
En entendant ton nom je tremble de respect
Et devant les autels, modeste à ton aspect,
Comme on me l'enseigna je te dis ma prière ;

J'admire ta puissance, enfant de Bethléem,
J'aurais suivi tes pas jusqu'à Jérusalem,
Me faisant ton disciple, écoutant les oracles
Qu'il te plut de sceller du sceau de tes miracles.

Comme l'ange du ciel j'ai redit: *Hosanna!*
A tes discours, Jésus, ma lèvre s'enchaîna;
Comme Pierre j'aurais au sein de la tempête
Ri du courroux des flots... En reposant ma tête
Sur ton cœur, comme Jean j'aurais voulu t'aimer.
Non, tu n'es pas en vain chez nous venu semer
La parole de vie: on t'aime et l'on t'implore,
Partout où luit le jour ta croix domine encore,
Tes temples sont remplis de tes adorateurs
Et le peuple se rit de tes blasphémateurs.
Pardonne, Dieu puissant, aux viles apostrophes
De ces demi-savants, de ces faux philosophes
Qui s'en vont par le monde en te rapetissant;
Ils t'admirent comme homme et te font impuissant,
Ils préfèrent Platon, Aristote et Socrate;
Pour eux tu n'es pas Dieu. Race orgueilleuse, ingrate,
Bouffonne et ridicule! Ils te disent parfait,
Mais du surnaturel ils redoutent l'effet;
Tu n'es pour leur scalpel qu'un novateur plausible,
Un autre Mahomet. Aveuglement risible!

Sur ta croix cependant naquit la liberté,
L'arbre du Golgotha sauva l'humanité ;
En mourant, ô Jésus ! tu délivras le monde,
A partir de ce jour le droit nouveau se fonde ;
Les hommes sont égaux et tous doivent s'aimer.
Voici la loi nouvelle, et pour la proclamer,
Les disciples fervents, illuminés par Dieu,
En affrontant la mort s'en iront en tout lieu.
Après avoir reçu le don sacré des langues,
Ils iront te prêcher dans leurs saintes harangues ;
Pierre marche vers Rome et l'empire romain
Va trembler sur sa base. Est-ce l'œuvre d'un nain ?
Est-ce fable ou mensonge ? Ont-ils donc lu l'histoire
Pour contester du ciel l'éclatante victoire ;
Pour ne vouloir trouver au fond de ton tombeau
Que couronne d'épine, linceul en lambeau,
Enserrant dans ses plis un cadavre livide ?
De ta gloire, ô Jésus, pour eux le ciel est vide !

A Madame H. d'A ***

La poésie est née au cœur de toute femme,
        Dieu l'y plaça dans son amour,
Lui-même en alluma le rayon et la flamme,
        Elle y vit jusqu'au dernier jour.

La vierge rougissante, au sortir de l'enfance,
　　　Fait naître le rêve en nos cœurs.
Marguerite encor pure et type d'innocence,
　　　Belle de grâce et de pudeurs.

Chacun admirera la gracieuse épouse
　　　Que vient de consacrer l'hymen ;
Pour qui tout est promesse et que chacun jalouse
　　　Sans penser à son lendemain.

L'amour d'une mère est à lui seul un poème
　　　Que rien ne pourrait surpasser ;
La mère et son enfant qu'elle berce et qu'elle aime,
　　　Quels doux tableaux à retracer !

La femme est la déesse inspirant le poète,
　　　Il lui consacrera son art,
Du saint enthousiasme il atteindra le faîte
　　　Pour obtenir d'elle un regard.

En vous j'ai rencontré, cheminant dans la vie
  Une femme au prudent conseil,
Qui, rêveuse elle aussi, de ma muse ravie
  Provoqua le subit réveil.

En vous j'ai deviné, femme aimable et poète,
  Une âme à l'immense horizon,
Qui naguère, dit-on, se rendit l'interprète
  Du rêve joint à la raison.

Et moi reconnaissant et reprenant ma lyre,
  Dans les quelques vers que voici,
J'ai voulu m'écrier et j'ai voulu vous dire :
  O Madame, merci, merci !

        1867.

Le Printemps

Que viens-tu, doux printemps, murmurer à mon âme ?
    Les arbres sont couverts de fleurs,
Et l'horizon doré de doux rayons s'enflamme ;
    Je m'enivre de ces odeurs
Dont la tiède atmosphère est partout embaumée,
    Nous sentons palpiter nos cœurs.

Quand couronné de fleurs le printemps sur la terre
Renaît toujours plus beau, plus prodigue en faveurs,
Essayons de bannir toute pensée austère,
Que la franche gaîté nous reste familière :
La rose est en boutons et les lilas en fleurs.

La terre se fait belle et renaît pour nous plaire,
Nous venons t'admirer, parure printanière,
C'est Dieu qui parle alors et nous offre ses dons ;
Notre cœur bat plus fort, notre âme est plus légère,
Vivre nous paraît doux, car alors nous aimons.

Larmes et Sourires

Dans cette vie il est des douleurs bien amères.
Qui pèsent sur notre âme et font couler nos pleurs ;
Mais il est, Dieu merci, des plaisirs éphémères
Qui du moins un moment étourdissent nos cœurs.

L'enfance a ses chagrins, l'âge mûr a ses peines,
Mais le ciel pour nous tous a des reflets d'or pur,
De l'ennui par moment nous secouons les chaînes,
Après le noir nuage on entrevoit l'azur.

Nos jours sont parsemés d'épines et de roses,
Sur nos fronts attristés un éclair de bonheur
Fait luire l'espérance, et nos esprits moroses
Aiment de s'éblouir à sa courte lueur.

Faut-il toujours se plaindre et puis après sourire,
D'un bonheur accompli jamais n'être assuré,
Voir succéder la joie à l'angoisse, au délire,
Et se flatter d'espoirs après avoir pleuré?

Quand finiront pour nous ces jours d'incertitude?
Quand pourrons-nous savoir à quoi nous en tenir
Pour chasser à coup sûr l'humaine inquiétude?
Quand demain pourra-t-il à l'homme appartenir?

C'est ce que nul ne sait, car la vie est un rêve,
On ne peut le saisir; profitons des loisirs
Que le ciel nous envoie; avant qu'un jour s'achève,
Peut-être il nous faudra renoncer aux plaisirs.

Au bord de la Mer

Qu'il est doux à cheval de courir sur la plage,
Aux ardeurs du soleil, en longeant le rivage !
Les pieds de nos chevaux foulent un sable fin
Et notre œil aperçoit un horizon sans fin :
Océan mugissant à la bouillante écume,
Image d'un volcan qui de loin gronde et fume,

Forêts de vastes pins où s'engouffre le vent ;
J'aime à voir sur la mer cette île s'élevant
Comme un nid d'alcyons protégé par les ondes ;
Tout cela parle à l'âme et repose le cœur.
Excitons nos chevaux, trottons avec ardeur.
Leurs pieds trempent dans l'onde, une légère brise
Souffle tout en poussant la vague qui se brise,
Avance où se retire et laisse tout à sec,
Déposant sur le sol coquilles et varec.
Nous longeons ces chalets aux couleurs diaprées,
Des rayons du soleil gentiment empourprées,
Élégantes maisons aux balcons découpés,
Aux grands toits en ardoise, aux abords escarpés,
S'élevant au hasard au milieu de la lande,
Ou formant sur la rive une vaste guirlande.
Nous pourrons de ces lieux contempler l'Océan,
Et rêver à ses bords des songes d'Ossian.
Le ciel est embrasé, c'est un beau jour d'automne,
Profitons-en tous deux, puisque Dieu nous le donne.
Je suis l'enfant du Nord, vous femme du Midi,
Exhalez vos chansons, je veux chanter aussi ;
Car dans l'esquif léger que dirige ma rame,
Ou trottant sur le sable à vos côtés, Madame,
A l'infini je songe, ainsi qu'aux longs amours,
Et je voudrais pouvoir ici vivre toujours.

Au Père d'un Poète

M. LE COMTE DE ***

Il n'est plus, ce poète aux profondes pensées,
Au front noble et brûlant,
Dont la voix modulait des strophes cadencées
En style étincelant.

Aux rives de la gloire échoua son navire,

Navire pavoisé

Des plus belles couleurs ; de même que sa lyre,

Le trépas l'a brisé.

Souvent en pleine mer, pour charmer le voyage,

On l'entendait chanter

Des vers que ses amis, restés sur le rivage,

Aimaient à répéter.

Et vous qui survivez à ce triste naufrage,

Vous entendez encor

Ces chants d'un passager, qui, mort pendant l'orage,

N'a pu rentrer au port.

Aussi souvent pour vous le fils et le poète,

En élevant la voix,

Comme aux jours de douleurs et comme aux jours de fête,

Renaissent à la fois.

Merci donc pour ce livre envoyé par un père,
    Précieux souvenir,
Qui nous peint sa pensée et moins qu'elle éphémère
    Vivra dans l'avenir.

Ma Campagne

A N. G. DE F.

J'aime la demeure élevée,
O loyal et courtois seigneur !
Car c'est la demeure rêvée
Du gentilhomme et du chasseur.

Au mur les portraits des grands pères
Portant la perruque à frimas,
Les pages, les hommes de guerres,
Les marquises à falbalas.

Jadis, plus d'une haquenée
Faisait craquer ton pont-levis,
Quand la tourelle était ornée
Des créneaux, hélas ! démolis.

Des pages sonnaient leur fanfare
Dans de joyeux et bruyants cors :
Des vassaux la foule bizarre
Ont encombré tes corridors.

Pour moi, ma maison est modeste ;
Le hasard traça mon jardin,
Tout est simple, tout est agreste
Dans ce trop primitif Éden.

Mais je discoure avec ma muse
En mon vieux et vilain manoir,
Cela me distrait et m'amuse,
Il pleut tant, le ciel est si noir.

Je me réchauffe devant l'âtre,
J'active avec soin mes tisons,
J'admire la flamme bleuâtre
Et ses gracieux tourbillons.

Je cherche en rêvant le bien-être,
De mes chiens j'écoute la voix,
J'admire à travers la fenêtre
La silhouette de mes bois.

Je rêve aux chasses fantastiques
Telles que les dépeint Ulhand,
Et de mes songes poëtiques
Je me berce comme un enfant.

J'écoute le grillon qui chante
En me promettant le bonheur,
Son cri monotone m'enchante ;
Du feu j'admire la couleur.

Oui, je suis fier, ne vous déplaise.
De mon vieux château délabré,
Car derrière mon bois en braise
Est l'écû d'un abbé mitré.

L'on dit que jadis tes ancêtres
Furent seigneurs en mon castel ;
Leur ombre rôde à mes fenêtres.
Je veux que vienne à mon appel

Leur descendant. Je ferai fête
A mon convive, en un festin,
Et je veux qu'il me tienne tête,
Rire aux lèvres et verre en main.

Jeanne Darc

On ne peut trop chanter la vierge et l'héroïne
Qui de la France en pleurs releva le drapeau,
Qui, s'inspirant toujours de la grâce divine,
Sur le front de son roi remit le saint bandeau.

De son œil virginal l'on admirait l'audace,
Le Seigneur lui donna la rage des lions,
Un cœur de chevalier battait sous sa cuirasse,
Son nom et son drapeau menaient les bataillons.

En elle s'incarna le maître des armées,
Dans sa bouche mignonne un mot était sacré,
Elle va ; l'Anglais fuit, les villes alarmées
Bénissent ses soldats, le peuple est rassuré.

De notre sol gaulois Jehanne est le génie,
Débora de notre ère elle sauve Israël,
Parmi les rangs obscurs entre toutes choisie,
Sur elle était tombé quelque rayon du ciel.

L'auréole éclairait sa blonde et jeune tête ;
Elle en fit un héros, puis plus tard un martyr ;
Pour elle vint le deuil après les jours de fête,
L'exil après la gloire et Jeanne sut mourir.

Les saintes voix d'en haut soutenaient la bergère,
Le bonheur éternel formait son horizon,
Elle voyait le ciel au sortir du Calvaire,
Grande sur l'échafaud ainsi qu'en sa prison.

La vierge entrevoyait la juste récompense
De ses exploits guerriers, de ses chastes vertus,
Jehanne mourait pure et mourait pour la France,
Jésus-Christ l'attendait au sein de ses élus.

————

Le dévouement est mort en ce siècle : à cette heure,
Quand il faudrait agir nous nous croisons les bras ;
C'est en vain qu'à nos yeux un peuple asservi pleure,
Il n'est plus de héros pour les sacrés combats.

La Pologne se meurt, Rome, Rome agonise,
Et l'Europe est muette et réprime sa voix,
L'égoïsme est partout, l'injuste s'éternise,
Et du trône abattu vient renverser les rois.

Les faibles sont vaincus et perdent leur couronne,
Aux peuples opprimés on enlève leurs noms,
A son vainqueur altier l'Allemagne se donne,
Et les rois agresseurs augmentent leurs fleurons.

Il n'est plus d'héroïsme et de soldats sublimes,
L'esprit chevaleresque est mort au fond des cœurs,
Et si quelque vaincu se lève magnanime,
Il lui faut à tout prix réprimer ses ardeurs,

Adorer le tyran, se parer de ses chaînes,
Se réjouir du joug en esclaves soumis,
Et subir du plus fort les rigueurs souveraines,
Car personne ici-bas n'écoutera ses cris.

1867.

L'Ame

Comment donc expliquer ce rayon, cette flamme
Que le ciel mit en nous et que l'on nomme l'âme?
Est-ce un feu fugitif allumé par nos sens,
Qui fait sentir en nous ses effets incessants?

Serait-ce un météore aux lueurs éphémères,
Qui vient nous éclairer dès le sein de nos mères,
Qui doit s'éteindre un jour au souffle de la mort,
Ne laissant point de trace, étouffé par le sort;
Ou serait-ce la vie et sa toute puissance
Infusant au cerveau son impalpable essence?
L'âme est-elle terrestre, est-ce un aveugle instinct
Soumis à la matière, esclave du destin,
Qui nous fait aimer Dieu, sa grandeur et ses œuvres,
Et nous fait ici-bas, intelligents manœuvres,
Ouvriers laborieux, amants fervents du beau,
Rechercher l'idéal jusqu'aux bords du tombeau?

Flambeau qui nous éclaire en nos jours misérables,
Mythe, non sens sublime, ô mots indéchiffrables,
Ame, immortalité, qui pourra m'expliquer
Ce que de sens divers vous pouvez provoquer?
Quel problème insoluble et quels profonds mystères
Vous seuls vous renfermez?
                              Philosophes austères,
Fouillez votre creuset; avec vos instruments
Et vos profonds calculs vous êtes impuissants
A nous bien démontrer ce qu'on ne peut comprendre,
Ce que nous sentons tous sans pouvoir nous entendre.

Pour l'âme insaisissable, est-ce l'humanité
Prêtant à tous un peu de sa vitalité ;
Ou le souffle de Dieu, guidant l'être fragile,
Pour maîtriser le corps trop souvent indocile ?
Compagne d'un moment d'un esclave mortel,
Mourra-t-elle avec lui lorsqu'elle rêve au ciel ?
Lui faudra-t-il aussi, superbe !passagère,
Rentrer dans le néant, lorsqu'il sera sous terre,
Disséqué par les vers, fertilisant le sol ?
Oiseau longtemps captif prendra-t-elle son vol ?
Pour planer dans l'espace elle se sent des ailes.
Doit-elle un jour mourir parcelles par parcelles ?
Ce dégoût d'ici-bas qui souvent nous étreint,
Cette captivité qui toujours nous contraint,
Serait-ce un vain désir des choses immortelles,
Un rêve décevant et promesses trop belles ?
Dieu nous tromperait-il ? Ce qu'on nomme la foi,
Est-ce une illusion s'éteignant avec moi ?

. . . .

. . . .

. . . .

Je ne veux point le croire et garde l'espérance,
Je crois aux jours meilleurs pour prix de la souffrance,
Je crois à la victoire à la fin du combat.....
L'âme, lutteur hardi que jamais rien n'abat,

Doit au sein du Seigneur trouver sa récompense,
Et reine dans l'exil, régnera quelque jour.
Elle est grande, immortelle, et Dieu, dans son amour,
A celle qu'il créa n'ôtera point la vie.
D'insatiables désirs trop longtemps poursuivie,
Notre âme est un esprit trop pur, trop précieux
Pour ne point, au trépas, remonter dans les cieux.

A M. le c^{te} de Puymaigre

AUTEUR DES HEURES PERDUES

Maître, j'aime ta muse aux aux strophes gracieuses,
    Oui, j'aime ton chant soutenu
Dont les sons variés, notes harmonieuses,
    Font palpiter mon cœur ému.

La gloire en ton pays a posé sur ta tête
    La couronne de vert laurier
Qui de Pétrarque un jour de triomphe et de fête
    A décoré le front altier.

Maître dans l'art divin, poète que l'on aime,
    On lit ton âme à livre ouvert
Dans tes écrits; lyrisme, élan, douceur extrême,
    Redoublent le plaisir offert.

Tu chantes le bonheur du foyer domestique
    Qu'Inglange, noble châtelain,
Donne à tes doux loisirs; ton rêve poétique
    Embellit le pays messin.

Rêveur comme Schiller, conteur comme Bocace,
    Mélancolique ou souriant,
Tu me parais toujours gracieux comme Horace.
    Et peintre comme Florian.

Les femmes au cœur d'or, que la grâce accompagne
    Se complaisent à tes propos ;
Interprètes des chants d'Italie et d'Espagne,
    Tes vers en sont les doux échos.

Chante, poète, chante, ainsi que chante Ausone
    Près des rives que nous aimons,
Et pour nous enchanter que ta lyre résonne
    A travers les riants vallons.

Et tes heures seront, non des *Heures perdues,*
    Mais plutôt des instants trop courts
Pour nous qui t'admirons, et nos âmes émues
    Applaudiront à tes discours.

————

Mon Père

A l'heure d'une mort bouleversant mon être
Mes yeux restaient secs et sans pleurs,
Et ma voix ne pouvait dans ma tristesse émettre
Les chants des immenses douleurs.

Lorsque le jour s'éloigne où je perdis mon père,
J'entends des sons doux, attendris,
S'échapper de ma lyre, et de ma plainte amère
Je nourris mes sombres esprits.

A sa tombe, aujourd'hui, j'apporte ma couronne
Et son souvenir s'adoucit.
Je m'entretiens de lui; calme je m'abandonne
A quelque doux, pieux récit.

J'évoque ma jeunesse à demi-consumée,
Je me rappelle ces beaux jours
Où j'étais à son ombre, où de sa voix aimée
J'écoutais les sages discours.

Petit-fils de soldats, il naquit à l'école
De toutes les mâles vertus;
Pieux et charitable il portait l'auréole
Que Dieu met au front des élus.

Sur son lit de douleurs, miné par la souffrance,
   Il avait l'air d'un chevalier
Qui s'est couché, blessé, vaincu dans sa vaillance,
   Et meurt, intrépide guerrier.

Où l'un de ces héros qu'au seuil des cathédrales
   L'on voit les deux mains sur leur cœur,
Recouvrant de leurs corps les pierres sépulcrales,
   Semblant prier avec ferveur.

Ses yeux levés au ciel semblaient chercher quelqu'ombre
   Qu'il ne pouvait encor saisir,
Il avait aimé Dieu ; la mort, pour d'autres sombre,
   Mettait le comble à son désir.

Il allait contempler l'Éternel face à face ;
   De ses jours le rude chemin
A lui ne paraissait que la courte préface
   D'un bonheur durable et certain.

Il connut le malheur et sut l'offrir à Dieu ;
    Ne regrettant que sa famille,
Aux siens, à ses amis il voulut dire adieu,
    Avant de retrouver sa fille ;

La fille qu'il perdit à l'aube de ses ans,
    A l'heure où tout semble promesse,
A l'heure d'espérance, à l'heure du printemps,
    Morte au milieu d'une caresse ;

Enfant qu'il vit un jour mourir entre ses bras,
    Comme doit s'envoler un ange
Que Dieu rappelle au ciel et qui part d'ici-bas
    Grossir la céleste phalange.

A nous trois il donna l'exemple du courage
    Que Jésus-Christ donne au chrétien ;
Il était animé de la foi d'un autre âge,
    Illuminant l'homme de bien.

Au seuil de son tombeau qui s'élève de terre,
        Je nourris parfois ma douleur,
Et je crois, en foulant sa dalle funéraire,
        Entendre encor battre son cœur.

                        1867.

TABLE

www.ingramcontent.com/pod-product-compliance
Lightning Source LLC
Chambersburg PA
CBHW061445030726
47503CB00005B/1578